Style

Style 款式

你的独特让服饰有了生命

陈丽卿 著

中国妇女出版社

优雅女性的知己

北京《时尚》杂志社总编辑：吴泓

女人天性爱美，也善于追求美。美在乎自然，在于韵质。一位优雅的女子，犹如"好茶"，有形、有色、有余香，衣着、谈吐均和谐自然，让人觉得恰到好处，这样的女子是当今时尚女性的理想目标。

《时尚》杂志十余年来一直以宣扬"美"为基本事业，提供给女性读者关于美的各种讯息和最新理念，并且目睹了女人们越来越美丽的全过程。根据《时尚》的经验，将自己打扮漂亮，确实需要一定的技巧，但是，更加关键的是内心的美感，这种气质的培养完全不在一朝一夕，这才是时尚女子首先应该具备的"基本功"。

有上述基础的女子再来分析体味自己的穿着打扮，才能分辨理析，判断出什么是"雅"，什么是"俗"，什么是"艳"，什么是"淡"。这样的女子才真正懂得画龙点睛，懂得锦上添花，懂得"少即是多"的道理。

在陈丽卿女士的这套"时尚优雅系列"中，作者不仅用多幅精美图片为女性读者形象说明了何为"时尚优雅"，而且，她根据多年形象设计的经验，为"个人形象塑造"找到了六个切入点，即色彩、款式、配件、衣橱、搭配、礼仪。由这六个方面去研究练习，读者便可达到自己的理想形象。

各位时尚女子，你可以美得张扬，也可以美得含蓄；你可以将对美的理解发挥得淋漓尽致，也可以展现性情中的多面，美得活泼斑斓，或许，你根本就从未发现自己还可以这样美！

华人穿衣美学的优雅推手

远东百货公司总经理：徐荷芳(于台北)

　　陈丽卿老师是远百集团的形象规划顾问，公司男女同仁开心地上了她的系列课程后，不但在专业服务上有所精进，个人的生活美学，从找到属于自己的色彩、款式到衣橱管理的点滴提示，获益良多，为忙碌的现代人节省了很多穿衣搭配上的力气和金钱。

　　经营百货商场这么多年，我深知女性朋友们甚至是男性朋友，经常为衣橱永远少一件的问题烦恼，所以该如何在众多纷杂的资讯中，借由专家的指点，找出适合自己的风格属性，进而凸显优点，修饰缺点，才是关键所在；对于没有时间、没有机会去上专业课程的粉领族来说，陈丽卿老师"时尚优雅系列"这六本套书，从色彩、款式、衣橱、专业形象、配饰到礼仪，有系统地网罗了所有女性需要的各种形象规划专业知识，只要用心细细研读领会，就如同把专家请回家了一般。

　　在这套 "形象规划百科全书" 里，陈老师从 "时尚观点" 的角度，深入浅出地让读者了解概念性的理论；而系统化的知识，则用 "美丽秘笈" 来倾囊相授；至于可以让读者自行练习的部分，就通过"优雅任务" 来互动，字里行间充满了她智慧的结晶，以及想和读者内在、外在同步成长的用心，每个时尚、优雅的专业女性，书柜里都应该要有这套实用又好看的书。

　　陈丽卿老师正以她独特的影响力帮助每位女性找回自己的天生丽质，华人的穿衣品味若能得到全面的提升，她肯定是美丽而优雅的推手之一。

客观看自己
热情对自己，才叫PERFECT

陈丽卿

每个女孩小时候都玩过"纸娃娃"，不管是电脑网路游戏、芭比（Barbie）或是真的"纸"娃娃。通过换穿各式各样服饰、配件、改变发型，然后和"纸娃娃"一起进入不同的情境、扮演不同的角色，如此乐趣无穷、充满创意的游戏方式，常会让我们玩到浑然忘我。

有趣的是，当我们长大后在为自己穿衣打扮时，反而失去那份玩"纸娃娃"的热情与创意。你知道是为什么吗？因为我们太过担心自己看起来的样子、太紧张了！——怕穿得不好，怕某一个部位不好看，怕看来像作怪，甚至害怕太漂亮！

"纸娃娃"游戏显示了我们从小到大都在学习的一件事：如何让自己变得更美丽！美丽的定义，不是"像模特儿"、"像明星"；因为像模特儿、像明星，你顶多只是"像"罢了；真正的美丽应该是：你可以全然地"是你自己"，而不是任何人的复制版。

在形象管理的专业领域里，我发现女人之所以美丽，不是因为她全身上下无一处不美，而是因为她知道自己美丽在哪里，并且懂得通过穿衣打扮，让这些美丽的地方发光；而对于"其他部位"，则是泰然自若地接纳它们，与之和平共处。

　　就拿绝世美女奥黛丽·赫本来说吧，她在刚出道时，就以"男孩般的身材、短发与平底鞋"的独特标志，成功走出了与玛丽莲·梦露、珍·罗素等性感女神截然不同的性感形象。奥黛丽自己觉得"我不像苏菲亚·罗兰或是珍娜·露露布里姬妲（Gina Lollobrigida）那样体态丰满，但有些性感不一定是外在的。我不必用卧室证明我的女性特质。我可以穿得紧紧的，在树上采苹果，或是伫立在雨中，也能显现出魅力。"

（摘录自《AUDREY STYLE》一书）

　　女人的美丽是由"三部曲"而来的：由起初的了解、接受自己，再经过学习与尝试、进而大胆地展现自己。在本书中，我们以循序渐进的方式，让你客观地了解自己——带领你找出自己的体型特色，并学习让自己蜕变的秘诀；再来，我要你放下这本书，把你对"纸娃娃"的热情完全放在自己的身上，大胆地尝试，方能发现最新鲜的、最美丽的自己！

时尚优雅系列从筹划到完成，
要感谢我生命中的许多贵人：
感谢北京《时尚》杂志社的不凡远见与全力动员；
感谢各大品牌与公司在图片上的鼎力相助；
感谢Channel拍摄出一帧帧赏心悦目的照片；
感谢可欣疏理文字、锻造章节内容的用心；
感谢艺彩昭和公司编排版面、织就视觉美感的慧心；
当然，还有我家人和同事的全心支持。
谢谢所有读者，也愿你们美梦成真！

CONTENTS

魅力身材

从了解自己的特色开始

时尚女子宣言

时尚女子总是能荣耀自己的身体，用良好的生活习惯、健康的饮食、规律的运动、舒服的按摩以及穿着合适的衣服来宠爱自己的身体。

了解自己，是美丽的起点

时尚观点：女人之所以美丽，是因为知道自己美在哪里

　　"很有鉴赏力"的人跟"很会穿衣"的人是不一样的。大多数人都拥有一定程度的鉴赏力，对于别人穿着的好看难看会有强烈的感受与评价，但问题一回到自身，却未必知道该如何是好。就像一位优秀的画评家对于图画有着精辟独到的见解，只是若你拿一枝画笔给他，很可能会让他当场愣在原地，不知从何下手一样。

　　你我身边，不乏对"美"感觉敏锐的人，但若不了解自己的特色，以及"如何转化特色"的方法，这些人往往会因为自己的好品味而更加痛苦。所以一位原本就很有鉴赏力的人，更需要了解自己的特色，再进一步地学习其穿着的方法。也惟有如此，你才可能胖，可是胖得珠圆玉润，而非臃肿肥硕；瘦，瘦得秾纤合度，而非骨瘦如柴。一个女人有没有魅力，主要还是来自于她是否了解自己，是否真心接受自己现在的样子！而这也是许多女人开始学习用智慧去穿着打扮的原动力！

　　那么你的身材特色究竟为何，你属于何种体型呢？

图片提供／陈丽卿形象管理学院

优雅任务：找出你的体型

在这本秘笈里，将以所有设计师一致公认的完美人体比例——也就是古希腊爱情女神维纳斯的身材比例为基准来做比较，把人的体型概括为五种——草莓体型、鲜绿丝瓜体型、水蜜桃体型、西洋梨体型、可口可乐曲线瓶体型，每位佳人都可以在其中找到与自己最相似的一种类型。

草莓体型佳人

草莓体型佳人肩膀宽and／or厚，往往具有上身壮下身细、倒三角形线条的特色。

鲜绿丝瓜体型佳人

鲜绿丝瓜体型佳人身材细细瘦瘦的，属于长方形线条——胸部、腰部与臀部的曲线差距不是很明显。

水蜜桃体型佳人

水蜜桃体型佳人的胸部、腰部与臀部线条皆很圆润，三围比例的差距不大，属于圆形线条的美女。

西洋梨体型佳人

西洋梨体型佳人的臀围比胸围大，臀宽也比肩膀宽，显出三角形线条的特征。

可口可乐曲线瓶体型佳人

可口可乐曲线瓶体型佳人的三围比例玲珑有致，是公认最"标准"的体型。

图片提供/北京《时尚》杂志社

时尚小故事

　　1953年，在电影《罗马假日》里饰演安妮公主的奥黛丽·赫本，不但赢得了奥斯卡最佳女演员奖，更成为当代时尚的永恒典范。直至今日，当人们谈起奥黛丽·赫本，心中泛起的，仍是一片美好的感受。然而，当世人还沉迷在她的削薄短发（赫本头）、极简设计的立领套头毛衣、在腰间打结的合身衬衫以及优雅的平底鞋时，你可知道名服装设计师纪梵希（GIVENCHY）对她的第一印象？"我觉得她像个脆弱的小动物，一捏就碎……"当时正在准备新装发表会的纪梵希，对这位身高170厘米、体重50公斤、身材削瘦扁平的24岁女孩，其实是有些失望的。

　　所幸奥黛丽·赫本始终倾听自己内在的声音，而且在进入演艺生涯的初期，便确定了她自己最适然的状态。她永远知道该在别人面前呈现出什么样的外表，也知道什么样的衣服最适合自己；自备身材版型、只穿面料一流的衣服、试衣时绝对专心，她在服饰上的讲究，更甚于其他艺人。而这种种的坚持，深深打动了纪梵希，"她很清楚自己要什么。她了解自己的容貌与身材，优点与缺点。她知道要穿着削肩的晚礼服遮住自己嶙峋的锁骨。我为她设计的款式终于变成广受欢迎的时装，我将之命名为'萨宾娜露肩洋装'。"（萨宾娜是奥黛丽在电影《龙凤配》里所饰演的女主角。）

　　奥黛丽和纪梵希这对才子佳人的友谊，从他们不谋而合的服装哲学开始，为奥黛丽的一生增添了几许神秘的美感，也只有如此不凡的奥黛丽，才能让纪梵希的天赋发挥得如此淋漓尽致。"是你穿衣服，不是衣服穿你。"奥黛丽宛如落人凡间的天使，用她优雅、迷人的外表传播着福音：与其追求流行，不如好好地了解自己的生命与心灵，选择最适合的衣服，以美丽、独特的形象成为自己人生舞台上永远的最佳女主角。

Chapter 2

黄金比例
锻造身体曲线魅力

时尚女子宣言

名牌服饰无法证明我的个人价值，我却可以赋予名牌服饰生命。
名牌服饰之所以好看，是因为它和我的质感、品味、人生态度相互辉映，
是因为我身体的曲线和律动，和它契合成为一个美丽的存在！

五种基本体型的穿衣要诀

时尚观点：重塑体型，操之在我！

你可曾想过，对自己身材抱怨的地方可能正是别人所羡慕的地方呢？一次演讲中，有位女孩腼腆地举手："陈老师，我的腿太长了，要怎么穿衣服才好？"问毕，在场所有的人都回头看她，甚至前排有人轻声地说："天哪，腿长也在烦恼。"直到我请她到台前来，台下才一阵莞尔。

原来这位小姐的上下身比例接近3：7，把上衣扎进长裤里的她，腿看起来像"飞毛腿"，而不是"修长"的美腿。当我请她把上衣拉出来时，视觉效果产生了变化：她的腿由过长的比例变成赏心悦目的修长。在场的人纷纷点头称奇，在短短一两分钟，大家都同时感受到：身材没有好或差，重要的是你如何呈现它！

图片提供／VERSACE

　　人的身材特色是由几何图形所构成——如果你画过或看过画家
画人体素描，就不难了解"人的身材是由几何图形所构成"的观
念，从正面看，原来是：头(椭圆形)+脖子(短圆柱形)+肩膀至腰(倒
梯形)+腰至臀部(正梯形)+四肢(四支长圆柱形)，而侧面看：胸部(向
前凸出的两个半圆形)+腹部(向前凸的小半圆形)+臀部(向后突出的
半圆形)。每一个人的几何构图皆不相同，试想，若你的躯干不是
标准中的倒梯形+正梯形，而是直筒形，那你看起来就没有什么腰
部曲线；若代表上半身的倒梯形小，而代表下半身的正梯形大，那
你仔细想想，是不是常被人说臀部大呢?

　　选择衣服的智慧之一就在于：知不知道衣服款式和身材之间
的关系。衣服就覆盖在我们身材的外面，它的设计，包括剪裁线
条、衣服色彩与细节正好可以夸张、柔和或平衡原来的体型，以
"重新划分"或构成我们"所希望"的身材比例。譬如说，葫芦体
型佳人穿垫肩时，加宽了肩膀线，使得肩膀至腰线的"倒梯形"更
加显著，如此一来，腰部和臀部看起来就会自动少了好几寸!又当
我们穿起高腰设计的服饰时，因为腰线被提高的缘故，自然就产生
腿长的视觉效果了。

图片提供/GUCCI

图片提供/Bally

美丽秘笈

图片提供/北京《时尚》杂志社

给草莓佳人的美丽礼物:

天生就有大将之风，可以很自然地把衣服撑起来，穿出时尚女子深具自信的架势。

草莓体型佳人比别人幸运的地方在于可以穿较宽的裙型，如蓬裙，或是醒目条纹、格子 印花图案的裤子或裙子，而不用担心臀部会显大。同时，可以利用上深下浅的配色技巧，来达到平衡"上身壮、下身细"的比例。

要避免任何具有加宽肩膀作用的款式，如大垫肩、肩章、大荷叶领、一字形领、肩膀上有滚边或绉褶设计、泡泡袖等上衣。

图片提供/北京《时尚》杂志社

给鲜绿丝瓜佳人的美丽礼物:

曲线刚柔并济，穿着打扮可以很中性，也可以很女性化，可以发挥创意的空间很大!

丝瓜体型佳人得天独厚，在衣服剪裁不紧身、布料不贴身的前提下，不但适合"直筒"的剪裁，也适合"有腰身"的剪裁。可以穿着加宽肩膀的款式，甚至若臀部不大，更可以穿蓬裙，如此腰身相对变小，曲线也因而突显出来。

提醒丝瓜体型佳人:过于紧身或贴身的服饰，会让平直的线条完全显现出来，此时可以为自己加上"第二件"，如紧身针织衫外加背心、衬衫或外套等等。

产品提供/Justine Taylor Made

图片提供/陈丽卿形象管理学院

图片提供/北京《时尚》杂志社

给水蜜桃佳人的美丽礼物：

你珠圆玉润的美，往往是好命、福气的象征，不知道有多少人正在羡慕你的体面呢！

水蜜桃体型佳人最适合线条柔美的弧形线条服饰，如圆领、荷叶领、鱼尾裙、有弧线设计的首饰，像叶子曲线、蝴蝶等等，甚或只是一袭合身度美、可以衬托出本身圆润身型的款式也很适合。

布料方面，适合柔软（但不贴身）、垂坠性佳的质地，要避免厚重、硬质，或有凹凸手感的布料。

请记得：水蜜桃体型佳人虽然适合线条柔美的弧形线条，但不可全身都是圆形的设计，否则"圆上加圆会更圆"。也不可以全身都是直线条或刚硬的感觉，和身材太对比了，反而产生不协调或反强调的效果。另外，注意全身部位不要有一个地方"比较紧"，"均匀的宽松"是很重要的穿衣原则。

给西洋梨佳人的美丽礼物：

在东方，你是标准媳妇的不二人选，穿起裙装丰姿绰约的模样充满了女性魅力。

西洋梨体型佳人在穿着上可以将引人注目的细节强调在上半身，如出色的领型、对比色的衬衫vs.外套、醒目的扣子或胸前口袋、上半身的印花、美丽的首饰，都可以在视觉上创造出"转移焦点、强调重点"的效果，使臀部显得紧缩。

下身选择柔软却不贴身、且垂坠性佳的布料也能使臀部、大腿感觉细瘦，而上浅下深的配色是很理想的技巧。

最好不要碰的款式有：让肩膀看起来窄的袖型，如斜肩袖、蝙蝠袖等；臀部附近有任何复杂设计，如：对比色或大的口袋、滚边；蓬蓬的碎折裙、布料硬的斜裙或A字裙等。另外若腰部很细，与臀部产生太大差距时，请避免系太宽太紧的皮带，以免让臀部显得更大。

产品提供/Bally

图片提供／GUCCI

给可口可乐曲线瓶佳人的美丽礼物：

你天生是个衣架子，更需要穿对衣服来展现你的美！

可口可乐曲线瓶的佳人适合穿能够显现美好曲线的款式，例如半合身式的剪裁。若属于比较胖的身材，应避免太过刚硬或过于贴身的剪裁和布料；同时若胸部比较大，要避免宽松的上衣，否则看起来会大而无型。至于腰特别细的纤腰可口可乐曲线瓶体型，要注意到腰部不可过分地强调，否则会因为腰小而使臀部显大。

产品提供／Alannah Hill

身高不是距离，体重不是压力，重点在于身材比例

时尚观点：不到最后关头，绝不轻言整形！

拜医学发达之赐，现在美容整形的技术门槛已经降低了，这几年韩国、日本、台湾地区纷纷刮起了"整形风"，不少女性同胞投下大笔资金，吃了秤砣铁了心地含泪忍受皮肉之苦，就是为了呼应内心再单纯不过的根本需求——变美的欲望！特别是"吸脂"手术，更成为许多肥胖或"自认"肥胖的女人趋之若鹜的"救赎之道"。

根据一项非正式的调查显示，有10%的女性觉得自己太瘦；20%认为自己的身材适中；70%的女性觉得自己胖。亲爱的佳人，你也活在"自认"肥胖的阴影里吗？或者，总是忧虑自己变胖呢？平心而论，在我接触这么多女人的经验中，称得上"胖"的并不多，或许是女人看待自己身材的标准太过严苛了吧？才会"总是"觉得自己胖？

其实，一个女人漂不漂亮、穿衣服好不好看，跟身材的胖、瘦、大、小并没有直接的关系，"整体比例是否匀称"才是美丽的关键。如果你的比例真的不匀称，以下的技巧就要让你重新打造黄金比例。

美丽秘笈

Part 1实现你变瘦的愿望——春夏装

不要忽略内衣裤：

    春夏装的款式多为轻、薄、短、小，请将内衣裤视为整体造型的一部分，穿着和春夏服饰合衬的内衣，在性感中保持端庄才是上上之策。

不大不小刚刚好：

    尺寸太大的衣服虽然能遮住不理想的曲线，却会让"吨位"在视觉上被"放大"；尺寸太小的衣服难免紧绷，这会让你显胖，因此"不大不小刚刚好"的合身度非常重要。

整体线条要干净清爽：

    请务必保持整体线条的干净清爽，例如：拿掉破坏整体线条的垫肩，或者在布料较透明的衣服里加一件丝质衬衣、衬裙，便能巧妙遮盖肉感的腰、腹、臀、腿，美化你的整体线条。

长度不要结束在最有分量的位置：

    服饰长度结束的地方，通常是视觉的焦点，因此像袖口应避免结束在手臂最粗的位置、衣摆不要结束在臀部最宽的地方、裤管则应避免结束在腿部最粗的部位。

图片提供／Salvatore Ferragamo

实现你变瘦的愿望——秋冬装

多选质感平滑的衣料：

质感平滑的衣料是"塑身"的良伴。穿多重质感或具有饱和感的衣料，像拐麻花编织的毛衣、铺棉的长裤等，看起来会比较胖。若穿着多重质感的衣服，建议选择质感较平滑的衣料来搭配例如上身穿拐麻花毛衣，下身就可以穿质感较平滑的长裤或裙子。

多穿几件质料较"薄"的衣服：

与其穿一件厚衣服，不如多穿几件质料比较"薄"的衣服。一来方便根据温度的变化穿脱，二来在视觉效果上不会占据那么大的分量，看起来会比较瘦。

可在不太厚的长裤里穿丝袜：

冬天穿长裤的机会很多，若想让腿部看起来瘦一点，请尽量选择布料不太厚的长裤，怕冷的话，建议在长裤里穿丝袜，便可达到保暖的功效。

图片提供／陈丽卿形象管理学院

图片提供／YSL rive gauche

选一件保暖而质佳的大衣：

在寒冷的冬季，一件保暖而质佳的大衣是不可或缺的忠实伙伴。有了这么一件好大衣，里面可以不用穿太多，窈窕的曲线当然就不会被遮住啦！

特别注意腰、腹部的平顺：

腰、腹部是冬季穿衣时最难处理的部位，要注意拉平，否则衣服挤在腰、腹部，不但自己不舒服，看起来也会很臃肿喔！

毛袜的颜色要和鞋子或裙摆相配：

为了帮脚部保暖，冬天穿毛袜无可厚非，但是，除非小腿非常纤细，否则请选择质感平顺的毛袜。至于在配色方面，选择与鞋子、裙摆相同颜色的毛袜，最能产生"瘦"的效果；其次，也可选择和鞋子相同颜色，或比鞋子颜色稍浅的毛袜来搭配，整体的感觉会更完美。

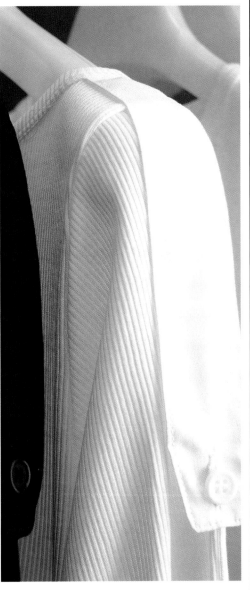

图片提供／Salvatore Ferragamo

图片提供/北京《时尚》杂志社

Part 2 实现你变圆润的愿望

希望身材看来更圆润，除了穿着尺寸适中合身的服饰外(过大过小的服饰让胖者更胖，瘦者更瘦)，还要为自己"添量"：如穿着设计较为繁复的服饰，像有口袋、抽碎褶、荷叶边服饰等；尝试多层次搭配，特别是穿紧身上衣时，记得加件背心、罩衫或外套；制造自然蓬松感——穿着非连身衣裳时，可将上衣从腰部拉出一些，制造自然的蓬松感。

Part 3 实现你手臂变细的愿望

穿短袖衣服时，不要让袖子的长度结束在手臂最粗的地方。除非手臂真的非常"粗壮"，否则建议你可以试试无袖或削肩的衣服。当整个手臂线条被拉长时，往往手臂也就不如想像中的粗了。其次，袖子的衣料不要太薄、太紧或太有弹性，将手臂包裹紧紧的，会显得肉感十足。

图片提供/北京《时尚》杂志社

图片提供/GUCCI

Part 4 实现你胸部变大的愿望

选对胸衣与抬头挺胸是帮助你"以小换大"的基本功。此外还可以：

穿公主线剪裁服饰

有胸折与腰折的公主线剪裁，会让身材看来玲珑有致；反之，宽宽松松的服饰只会将瘦的人"扁平化"。

穿有蓬松感的上衣

有荷叶领、胸前打碎褶的设计等等，另外在腰间系一条皮带，让上身蓬松起来，都能增加动人曲线；避免单穿紧身或贴身的服饰，可以在外面多加一件衣服，以增加"分量"。

采用垫肩

垫肩可以让胸部线条看起来更有型。

图片提供/北京《时尚》杂志

Make the most of your looks

Part 5. 实现你胸部变小的愿望

　　"胸部大"如果没有足够的身高、骨架或相当的肩膀、臀围比例来平衡，很容易就会造成上半身厚重而胖的感觉。此时可以选择半合身的上衣剪裁，让凹凸有致的曲线适度显现。另外，戴长项链、穿尖领或前开衬衫领等方法，可以缓和胸部大的感觉。并且要尽量空出颈部到锁骨之间的空间，避免穿高领或扣住最上面纽扣的衬衫领，否则，胸部看起来会更丰满。此外，也请远离高腰服装与宽松服装。

图片提供/GUCCI

Part 6 实现你腰变细的愿望

　　视腰部为"要害"的佳人，请避免穿着腰部附近有复杂设计的衣服，如：腰部有滚边、绣花、口袋等等，若系宽腰带，要系在低腰接近臀部的位置上，而不是腰上。

　　剪裁"略有腰身"的服装，如公主线剪裁、有腰折的服装等，能让腰部曲线现形。此外，"直筒洋装"因为让人看不出实际的腰围大小，也就无所谓有没有"小蛮腰"了。

　　肩膀若不宽，可以利用垫肩、穿着宽且浅的领型来增加肩膀宽度；臀部不大的人，更可穿着蓬裙，两者皆会让腰身相对变小，展现窈窕身段。

Part 7 实现你臀部变小的愿望

　　若身材比例特性允许，可以使用垫肩来加宽肩膀宽度以平衡臀部的宽度。其他可加宽肩膀宽度视觉的方法还有：宽且浅的领型（如船型领）、肩章的设计、泡泡袖等等。

　　另外，上衣长度千万不要正好结束在臀部最大的地方，也要避免设计重点在臀部附近的衣物，如臀部的贴补式口袋、滚边、印染或刺绣图案等，因为线条与设计皆有吸引视觉的效果。

　　最后，请再加上"转移焦点、强调重点"的技巧：利用美丽的项链、耳环、丝巾或领型的设计将视觉乾坤大挪移，转至脸部；还有一定要穿对属于自己"皮肤色彩属性"的颜色，因为不适合的色彩只会让你脸上全无光彩，进而让人把注意焦点向下延伸到你的体型，所以穿对色彩，更是臀部大的人所应遵循的座右铭。

Part 8 实现你臀部变翘的愿望

　　A字裙、斜裙、后片有碎褶设计的裙子或长裤，在视觉上有提臀的效果。避免剪裁过于紧身、布料太有弹性的裙子或裤子。

产品提供/Bally

Part 9 实现你小腹隐形的愿望

　　小腹是否突出和胸部的比例关系很大，胸前"伟大"的女人不管小腹再怎么圆都不太会显大，而"真平"的女人只要小腹有一点点突出，就看得很清楚了。因此，要在视觉上"缩小小腹"的第一步就是抬头挺胸！其他"小腹隐形"的法则还有：

　　合身、合身、再合身：因腹部太紧而布料紧绷起皱，或拉链绷开，是引人注视腹部的第一大敌。

　　穿不会皱的布料：小腹的地方，布料特别容易皱；而身上特别皱的地方也就是特别惹人侧目的地方，如果穿着会皱的布料，坐下的时候，腹部处要特别小心才是。

　　腹部视觉模糊化：印染图案比素色更能掩饰腹部，而在腹部两旁打一点细褶的款式也很有帮助。

　　前面不要有圆弧形口袋：圆弧形口袋会产生"圆上加圆会更圆"的效果。

　　避免柔软贴身的针织布或斜裁布：这些布料会让你原形毕露。

　　佩戴美丽的首饰：以达到"转移焦点"的效果。

图片提供／北京《时尚》杂志社

Make the most of your looks

Part 10 实现你腿变细的愿望

　　布料厚薄要适中，避免布料过厚，或穿贴身有弹性的布料；不管是长裤或裙子，都不要太紧绷——有一点松份，在腿侧能抓出2.5厘米的宽度是最好的；长裤或裙子的下摆不可结束在腿最粗的地方。此外，穿2寸或更高的高跟鞋，可以让双腿看起来细许多；过细的鞋跟则要避免。

Part 11 实现你腿变丰满的愿望

　　腿细的佳人可以尽情地穿有图案的长裤或长袜，看来会既时髦又有特色。另外，下摆宽的短裙、布料厚的裙子、窄或贴身的长裤，都只会让双腿看起来更细，换穿宽松的长裤倒是好办法。

图片提供／GUCCI

Part 12 实现你腿变长的愿望

　　高跟鞋是腿短佳人最忠实的好朋友，而穿着高腰剪裁服饰或者稍短的上衣，也会让腿看来更长。要善用长裤——笔挺的裤折有拉长腿长的效果；长裤长度盖住高跟鞋鞋跟的一半，会让人看起来像是长高了5厘米。此外，选择和下身同色的皮带或上衣，都会让腿好像又加了三四厘米的长度。

　　最好能避免的款式有：低腰款式、裤摆反折、宽管裤、喇叭裤，穿裙摆有印花、蕾丝、荷叶等设计的裙子。

Part 13 实现你脖子变长的愿望

　　要让脖子更长，可以穿低一点的领型，如V字领、U字领；穿衬衫时，衬衫的第一个扣子不要扣。穿高领、中国领服饰时要配合戴长项链或外加低领服饰；项圈要选择细的，丝巾可以系低一点。

图片提供／陈丽卿形象管理学院

Part 14 实现你脖子变短的愿望

　　脖子较长的佳人，可多穿高领、中国领服饰，并且善用丝巾、有设计感的项圈。切记一定要避开单穿低领单品。

图片提供／Salvatore Ferragamo

图片提供／Alannah Hill

图片提供／Alannah Hill

时尚小故事

　　精致的法国套装（裙长至膝盖中间，搭配七分袖外套的怀旧设计）、A字无袖连身洋装、珍珠项链、小药盒帽（pill box hat，圆筒无边帽）、骑马装束、白色牛仔裤、黑色太阳眼镜……你想到了谁？没错，正是亲爱的杰奎琳。

　　不论是内在成长或外在穿着，被誉为"永远的第一夫人"的杰奎琳（杰奎琳·欧纳西斯），除了是20世纪50年代美国妇女学习的榜样之外，更跨越时空，以她高贵优雅的美丽形象，成为全世界女性心目中无可取代的经典偶像。

　　然而，出乎意料的是，深受世人欣赏崇拜的杰奎琳，在芳华正盛时也曾对自己的外貌感到些许遗憾。她念大学时，曾对"时尚"杂志如此描述自己："我长得很高，有五尺七寸。有着棕色的头发及一张方脸。我的双眼距离不幸非常的宽……我一点也不性感，如果衣服搭配得宜，可以看起来瘦一些。"杰奎琳对自己在外貌上的期许，还曾让她的裁缝师蜜妮（里尔太太）跳脚。蜜妮后来在接受采访时回忆道："杰奎琳对自己的身材批评很多，她希望自己的双足可以小一些，腰可以再细些，胸部再大些，腿再直些，脸蛋要椭圆形。听得我真想教训她一顿。"

　　神奇的是，尽管杰奎琳曾经如此看待自己，出现在媒体镜头前的她，始终是一派高雅、美丽、无懈可击。白宫时期，她深知美国需要的是一个开朗、亮丽的第一夫人，再加上长年骑马的关系，使得她的上臂线条非常匀称，她知道自己穿无袖款式最好看，由此，A字无袖连身洋装成为她风靡全球的注册商标。此外，她也懂得在宴会场合，以无肩带晚礼服搭配钻石项链，为白宫增添不可思议的美。值得一提的是，她早在白宫时期就开始穿着裤装，虽然这样的打扮在当时是很激进的，但杰奎琳仍成功地让裤装登上正式服装的大雅之堂。

　　杰奎琳似乎有种天赋，可以根据人生的不同阶段，转换自己的穿着打扮。和船王欧纳西斯在一起之后，她一改白宫时期"国母"的形象，以"紧身浅蓝色牛仔裤以及T恤，戴上黑色太阳眼镜，穿低跟凉鞋"的朴实形象享受她平静富裕的生活。

　　欧纳西斯去世后，杰奎琳进入出版界工作，有90%的时间，她会穿丝质的衬衫与长裤，有时候是裙子，专业的粉领族形象，一如她的敬业态度，不但深受时尚界的激赏，更引起美国妇女大规模的仿效。

　　杰奎琳就是杰奎琳，她从生活中所淬炼的非凡品味、了解并突显自己身材优点的智慧，以及敢于更新自己的勇气，永远激励着所有女人——外貌上的小缺点，终究会消融在心灵与形象同步成长所散发出的光芒之中，勇敢做自己，就很美丽！

图片提供/BOSS

图片提供／VERSACE

百变款式
智慧穿出窈窕美感

时尚女子宣言

上帝创造女人，让每个女人都有独特的美。岁月并不会带走我的美丽，因为我已经找到方法，并决心完成我自己的美丽。

隐藏在各种款式里的塑身法宝

时尚观点：百分百长裤，打造臀腿完美线条

产品提供/GAS

　　穿对长裤，臀腿线条瞬间变得修长匀称；合身的长裤就像你的
"Mr. Right"，选购时请拿出足够的试穿时间。以下的美丽秘
笈，便要教你如何穿上长裤变得婷婷玉立。

美丽秘笈：时尚女子的长裤穿着守则

臀部线条要挺、要顺：

穿长裤时的臀部线条不可松垮或是紧绷，要挺、要顺，方能达到提臀的效果。臀部丰腴或下垂的你，不要选择过于紧身的剪裁或贴身的材质，如莱卡等；另外裤子在臀部的地方，不要有大口袋或其他显眼的设计，避免引领别人来注意臀部。臀部是否显现内裤的痕迹？现在不少内衣品牌都推出了无痕内裤，很适合搭配贴身长裤或裙子穿着。

两侧口袋切莫"开口笑"：

站立时，如果口袋自动张开，甚至露出里面的布料，那铁定是长裤腹部、臀部的地方太小了。（建议在长裤买回来的时候，两侧口袋的缝线不要拆开，不但有保型的功效，并且让你看来更瘦。）同理，长裤的拉链和打折处，千万不可以"开口笑"；裤裆处，是否出现"横条笑纹"？这多半都是因为裤裆太短或腹（臀）部处太紧的缘故，是该换大一号尺寸的时候了。

裤管微宽让大腿看来更瘦：

过紧的款式或过于贴身的材质，只会让大腿看来变粗；让大腿看起来最瘦的宽度是：能在大腿侧面抓出2.5厘米左右的宽度。

图片提供／Salvatore Ferragamo

产品提供/Third Millenium

穿低腰裤的学问：

　　穿低腰裤时，请让腰线在所该停留的位置上，不要将裤腰不停地往上提，如此方能保有低腰裤的美感与合身度。另外，腿不长的人，低腰裤搭配中高跟的鞋子，且裤长覆盖到鞋跟的一半甚或更长，如此腿看起来就会很长。至于如果你有小腹，千万不要因为低腰裤会露出小肚子而避而远之。建议你可以将上衣外露在裤子外，就可以轻易地修掩小腹了。另外有次我在电台受访时，主持人马妞交换她在穿低腰裤时喜欢系微宽的皮带将小腹遮住，这也是不错的方法。还有一些腰比较细的魔女会抱怨穿着低腰裤时，常常臀部刚好腰部却多出了很多布料，其实这也是很正常的，也因为腰部松松的，能够为你增添性感的风情，所以除非腰围大很多，否则不必刻意修改而破坏原有的裤型。

时尚观点：透明感布料，梦幻性感随心所欲

　　像雪纺纱、乌干纱这样具有柔软性、透明感的布料，到底要如何穿着才能在浪漫中保有庄重？要注意哪些细节，才不会贻笑大方？事先研究研究，要梦幻、要性感，你都可以随心所欲！

图片提供／陈丽卿形象管理学

产品提供／Alannah Hill

图片提供/YSL rive gauche

美丽秘笈：

环肥燕瘦，若隐若现一样美丽

胖瘦都不宜穿太紧身：

体态丰腴以及骨感的人，挑选透明素材服饰，不宜锁定太紧身的款式，如果布料太紧，肌肉线条会绷得太明显，反而失去了美感。另外，不管胖瘦，透明罩衫的里头搭配小可爱或背心，再加上长裤或裙子，都会有秾纤合度的神奇效果！

内衣线条颜色要注意：

穿透明质料的衣服，要注意"内在美"。出门前记得检查一下内衣是否穿正了，而颜色和你的透明外衣搭配吗？记得剪掉背领与旁侧的商标和洗标，包括垫肩也最好拿下；整体线条利落，才显得优雅性感。

图片提供／Salvatore Ferragamo

图片提供／YSL rive gauche

时尚观点：万用针织衫，雕塑身材有诀窍

图片提供／GUCCI

　　针织衫可说是好穿、好搭、多变化、价格又可平实、可高贵的
万用单品。如何利用针织衫的特色来雕塑身材呢？以下的秘诀提供
给不同体型的佳人们参考。

Style

美丽秘笈：选择针织衫的秘诀

上身较胖的佳人：

太胖太瘦的人，上衣都不能穿得太紧，尤其是身材丰满的人，内衣线条可能因此毕露无遗，建议在针织衫内加件薄衬衣（不要有花纹），可以缓和内衣痕迹。另外"V领"针织背心（外套），单穿可拉长胸膛附近的线条，很适合草莓体型与水蜜桃体型佳人。

体型纤瘦的佳人：

太薄太贴的上衣，上身较瘦的丝瓜体型佳人较不适合穿，选择穿上后留有松份，或者针织手感微粗、或横条纹的针织衫，将上半身撑出一点分量，看起来会更有架势；穿浅色、亮色的针织上衣，或运用两件式（内深外浅）穿法，也不会让别人看出你的纤瘦。

手臂稍粗的佳人：

手臂较粗，针织衫的袖子不要太紧，袖宽以能放进三根手指头的宽度最显瘦；袖摆也要舒服，穿上之后，双手上举下拉动一动，如果"卡卡的"则代表太小了(但是袖摆也不能过大，过大的袖摆会显胖。)

时尚观点：清新细肩带，展现肩颈胸线好风景

图片提供／YSL rive gauche

图片提供／THIRD MILLENNIUM

　　细肩带服饰把女人白晰的颈子、闪动光彩的肩膀以及修长的手臂映衬得性感亮丽。究竟细肩带要如何穿，才能穿出自己的黄金印象？以下就为你揭开细肩带的美丽密语。

美丽秘笈：细肩带服饰穿着密码

给长颈佳人的美丽密语：

低领口的细肩带服饰让长颈佳人颀长的颈部看起来更加明显，此时可以配戴适合的丝巾、项链或项圈，或以轻柔飘逸或卷度优美的中、长发自然垂缀于颈部到锁骨附近，便可"化净空为亮丽"，巧妙地修饰颈部线条。

给短颈佳人的美丽密语：

颈项较短的人，非常适合穿着领口较低的细肩带服饰。为了拉长颈部线条，最好不要佩戴会"卡"在脖子上的丝巾或项圈，不妨以长于锁骨的项链或是微低的丝巾打法来增添魅力。

给宽肩佳人的美丽密语：

对于肩膀较宽或较厚的草莓体型佳人来说，不妨多选择"上窄下宽"的梯形剪裁细肩带上衣，可以柔化上半身与肩膀的线条，平衡全身比例。此外，在细肩带单品外头再加上长形配饰，如微长的项链或丝巾，或者配上一件材质柔软的罩衫或无垫肩的外套，也是让肩膀线条更加柔和的好办法。

图片提供／YSL rvie gauche

给窄肩佳人的美丽密语：

　　肩带上有特殊设计，如蝴蝶结、蕾丝，或是和肤色产生强烈对比的颜色，都有助于营造出较宽的肩膀线条，而有印花图案的细肩带上衣，也是平衡上下身比例的好选择，适合窄肩或西洋梨体型佳人穿着。如果你有斜肩，则要注意细肩带是否会滑落。

手臂粗而不敢穿细肩带吗？

　　不少自认手臂太粗而不适合穿细肩带服饰的人，常在穿起细肩带服饰之后惊讶地发现自己的手臂不但没有想像中粗，并且很好看！其实原因很简单，当袖子的长度由上臂退缩到肩部时，原本被袖子遮住的那一截臂膀便会露出来，就是这一截臂膀的长度相对增长了整个手臂的线条，而且，光滑细致的肩头看起来比上臂更具骨感，所以整个手臂线条看起来自然比穿短袖时还要来得修长优美了。

时尚观点：最爱白衬衫

产品提供／BOSS

"白衬衫"一直以隽永不衰的形象，长驻在女人的衣橱里。回忆清汤挂面的纯纯校园里，白色制服最能映照出学生的无邪天真；刚就职的社会新人，尚未建立上班服饰架构，一件剪裁简单大方的白衬衫，下半身无论是黑色西装裤还是米色及膝裙，保险都不出错。过了几年，羞涩的新人已成为职场女强人，此时，白衬衫依然是亲密伴侣，跟随主人南征北讨，和其他越来越出色的优质单品出入大小场合。

美丽秘笈：告别"乖乖牌"形象，穿出白衬衫的高级品味

图片提供／YSL rive gauche

竖翻衣领，前置别针：

色彩单纯的白衬衫，有"兼容并蓄"的优点，有时能独当一面，成为整体衣着的焦点，大部分时间又能温柔地跟所有颜色和平共处，甘心扮演"最佳女配角"。不过，事物总有一体两面，白衬衫不如红色来的抢眼，容易给人中规中矩的感觉，就一名希望呈现干练形象、在商场锋陷阵的女子，要怎样穿着白衬衫，才能摆脱"乖乖牌"的学生形象，穿出白衬衫的高级品味呢？

聪明的时尚女子，只要轻轻将原本平淡无奇的衬衫领竖起来，就可以给予白衬衫全然不同的个性；在锁骨前方第一颗扣子位置或是领子上别上一只别针，独一无二的白衬衫也就产生了；另外，袖扣不但能增添白衬衫的美感，增加专业气质，更是绝佳的"CIS（个人标志）"。

利用漂亮扣子做出千变万化：

试着将平凡的塑胶扣换成有设计感的扣子（胸针耳环当扣子都很棒）或是珠母贝等高质感的扣子看看，同一件白衬衫的价值感马上升级N倍。每隔一段时间做个小变化，让一件衣服呈现出多种样貌，不啻是新时代的新穿衣守则。

保持白衬衫的浆挺感：

要让白衬衫展现无懈可击的魅力，浆烫是一定必要的；浆烫过的白衬衫看起来更有价值感，穿起来也更为帅气。并且浆烫过的白衬衫，如果剪裁合身，很能突显你的好身材；剪裁宽松，其浆烫的质感和你柔软的身段则形成强烈对比，也因而让你益加摇曳生姿。

白衬衫转眼变成晚礼服：

一般观念中，晚宴服好象一定要镶有珠饰亮片、绫罗绸缎，才能吸引目光。其实白衬衫＋长裙＋粗腰带＋大件首饰的组合，整体感觉非常豪华，出席重要晚宴，绝不突兀。

时尚观点：全身上下皆合身，才是你的俏丽洋装

图片提供／GUCCI

　　一件上衣和一件裙子组合成一件衣服，基本上就叫做洋装。要找到每个部位都完全合身的洋装不是一件容易的事，特别是上下身衣服尺码不相同的佳人们，譬如像西洋梨体型佳人在穿着洋装的时候，往往是上身尺寸刚刚好，下身尺寸却小一号；草莓体型佳人却正好相反。但如果你穿遍了世上的洋装，却找不到全身上下皆合身的，那么同色、同材质的上下身组合也是很好的替代品。

图片提供／VERSACE

美丽秘笈:知己知彼，找出你的绝配洋装

图片提供／BOSS

西洋梨体型佳人的洋装绝配密语:

选择上身合适下身"些微"扩散的设计，如下身为A字剪裁、斜裙剪裁的款式，会让西洋梨体型佳人的下半身消失于无形，而在胸线下抽碎褶的罗马式帝王剪裁洋装也有相同的效果。整体设计上设计重点在上半身的洋装，如对比色领子或胸前抽褶设计，也可以产生"转移焦点、强调重点"效果。

草莓体型佳人的洋装绝配密语:

肩膀较宽的草莓体型佳人，可以选择有前开襟的衬衫领洋装，此时衬衫领的前两个扣子不扣，会有胸膛显瘦的效果；腰部打折、抽碎褶或裙型有些扩散的洋装也可以尝试；在洋装低腰处斜系宽腰带，会有意想不到的效果。

丝瓜体型佳人的洋装绝配密语：

没有腰线的、布料不软也不贴身的直筒式洋装让丝瓜体型佳人看来很帅气；有明显腰线的洋装，如腰带型洋装，让丝瓜体型佳人看起来窈窕而有活力。要避免穿着宽大的洋装与长而布料重的洋装，此时要系上腰带来创造腰身。

水蜜桃体型佳人的洋装绝配密语：

有前开襟的衬衫领洋装有瘦身的效果；女性化剪裁的洋装，如裙摆处有荷叶处理或鱼尾裙式洋装、些微宽松却不松垮的洋装，都可以呼应水蜜桃体型佳人的女人味。

可口可乐曲线瓶体型佳人的洋装绝配密语：

任何剪裁玲珑有致的洋装，如公主线剪裁洋装、性感的贴身洋装，都能显现可口可乐曲线瓶体型佳人三围分明的身材优点。

图片提供／LACOSTE

时尚观点：合身套装，美丽战袍智能加冕

　　"套装"可说是粉领族VIP级的行头，是表现专业与美丽的"战袍"，当然要以严谨的态度来挑选。购买套装时，不妨思考：这套套装是否可以衬托出专业与质感？对事业是个助力吗？可不可以利用不同的搭配方式，穿出多样化风情？如果答案是肯定的，才是上上之选。提醒你：粉领族经典套装的款式与材质鲜少随着时尚潮流而改变，因此"合身度是否完美"便成了决定套装好坏的重要因素。

产品提供／Justine Taylor Made

美丽秘笈：粉领族的超值套装投资学

　　合身度是套装的灵魂，如果你希望西装外套看起来有量身订做般的高品质，检视合身度时，先将扣子全部扣上，观察肩膀看起来是否自然地从颈肩延伸出来，坐落在肩骨的外侧，顶多再超出1至2厘米(而非松垮垮地摊在肩上，或是垫肩雄伟得像橄榄球装，给人虚张声势的感觉。袖长是否在手腕骨下2厘米至虎口上1厘米之间？腰线是否位于腰部或比腰部稍高之处？比腰部低的腰线设计，在视觉效果上会让整个人显得比较矮。背部是否产生横向皱褶（表示太紧）或直向皱褶（表示太宽）？

实用套装CHECK POINTS：

　　中性色如黑色、白色、米色、咖啡色、深蓝色等颜色的搭配空间最大，可表现专业、不退流行，而且可与其他单品共同创造出最大的搭配空间。布料以薄毛料或毛料混纺最实穿，不但春秋两季穿起来舒适，也很适合夏天在空调房里穿，冬天时只要再套一件大衣或外套就很保暖了。款式则以简单领型的半合身式套装最理想，些微的腰身，让人英挺中展现身材的曲线美，刚柔并济，是很理想的选择。

各种体型佳人套装CHECK POINTS：

　　草莓体型和水蜜桃体型佳人，切莫穿垫肩过大、过厚的外套；西洋梨体型佳人请避免口袋落在腹部附近的外套；鲜绿丝瓜体型佳人，剪裁漂亮有型的套装则有塑身的功效。此外，长腿佳人穿长外套套装很出色；短腿佳人适合腰线下10厘米左右长度的外套。

图片提供/北京《时尚》杂志社

时尚观点：时髦七分裤，好穿好搭好好看

七分裤常让小腿线条不够完美的佳人退避三舍，其实只要懂得裤长与腿部线条之间的秘密，你一定会很乐意当个"七分裤美人"的！

图片提供／陈丽卿形象管理学院

图片提供／Salvatore Ferragamo

美丽秘笈：七分裤选搭技巧大公开

小腿有"萝卜"的对策：

"萝卜佳人"要记住：七分裤的长度要盖住小腿最粗的地方。因为裤管结束的部位，通常就是视觉停留的地方，只要能避免让七分裤的长度刚好结束在小腿最"壮硕"的部分，而让它再长一点点，露出小腿线条最美的那一段，腿看来就会很美！另外，要注意裤管宽度，除了不要太紧，从大腿到小腿的宽松度都要平均才好，如果有某个地方特别紧绷，难免就会显得"壮硕"了。

希望腿看来更长的对策：

腿不长的人可以尝试裤管下方有开叉的七分裤；搭配七分裤的上半身衣服不宜太长，可以是露出腰身的小可爱，也可以是长度不要超过"腰部下面10厘米"的任何上衣——短上衣与七分裤是天造地设的一对，让人充满青春朝气，也能够显示出最完美的比例。

腿太粗、太细、或有O形腿的对策：

腿部太粗、太细、或有O形腿，穿着稍微宽松的七分裤，会很巧妙地修饰腿部曲线。同时，腿部太细或有O形腿，选择八分裤或九分裤，也具有修饰的效果。

给草莓体型佳人的特别提醒：

草莓体型佳人要避免窄的七分裤，些微宽管的、颜色比上身淡的、有侧边口袋设计或印花或刺绣设计的，都有平衡上下身的效果。

时尚观点：善用针织背心塑造知性美

　　针织背心是春、秋两季最宜人的单品之一。不论在款式、领型、色彩和织纹上，针织背心都拥有非常多的变化空间；更重要的是，它永远是服饰中的"最佳配角"，里面可以搭衬衫、高领衫，外面可以搭外套、大衣，下身无论是搭配长裤或裙子，都能塑造出知识美女的书卷气，很值得时尚女子们投资，并且练习搭配的单品呢！

Create a good impression by vision and manner

美丽秘笈：选穿适合你的针织背心

草莓佳人：

草莓体型的佳人，适合穿V字领、前开襟的针织背心，因为V字领、前开襟的设计，有让视觉向中间集中的效果，可以让上身显瘦。在背心的织纹方面，草莓佳人请尽量选择织纹不明显的，特别是胸部比较丰满的人，织纹太明显的针织背心，会让胸部的线条更加突出，还是敬而远之为宜。

丝瓜佳人：

合身的针织背心可增加上身的视觉分量，可平衡上下身比例，非常适合丝瓜体型佳人。

图片提供／GUCCI

Create good impression by instant
visual impact.

水蜜桃佳人：

水蜜桃体型适合穿前开襟的针织背心，建议扣子不要扣上，会
有显瘦的效果。

可口可乐曲线瓶佳人：

剪裁合宜的针织背心，有显身材曲线的效果，是可口可乐曲线
瓶佳人不错的选择。

最后要提醒所有佳人的是，如果身材不是属于瘦高的类型，在
穿着织纹显着的针织背心时，下身的裤子或裙子，最好选择平顺且
没有织纹的面料，整个人看起来会清爽许多。

片提供／陈丽卿形象管理学院

时尚观点：穿对毛衣，温暖上身气质加分

毛衣的世界缤纷多彩，光是毛线的质料、粗细、织法，就已经千变万化，更别提加上领型或其他别出心裁的设计了。而毛衣和其他单品的搭配，又是另一套学问了，不同体型的时尚佳人在穿着毛衣时，需要注意什么呢？以下的美丽秘笈将为你揭晓。

图片提供／陈丽卿形象管理学院

图片提供/Salvatore Ferragamo

美丽秘笈：
　　给各种体型佳人的毛衣穿着建议

给纤瘦娇小佳人的毛衣穿着建议：

纤瘦高挑的人，可以尝试粗针毛衣；但是个子娇小的人，请忍痛割舍粗针毛衣，因为它不会让你变成高挑名模！此外图案太大的毛衣、装饰可爱的毛衣，也都该敬谢不敏。

给丰润佳人的毛衣穿着建议：

全身丰润的水蜜桃体型佳人不要选择过于紧身或过于宽松的款式，"稍微有点松份"才会让你看起来窈窕迷人；若穿着粗针毛衣，要避免搭配粗厚质感的下装。上身丰润的草莓体型佳人，可以尝试有低领效果毛衣，或者在毛衣外搭配长的项链；手臂较粗的话要特别注意手臂的合身度不要太紧。

给脖子短的佳人的毛衣穿着建议：

脖子较短的佳人，"领子高度不超过3厘米"的半高领毛衣，在你身上既有高领效果，又不会让脖子被层层圈住。

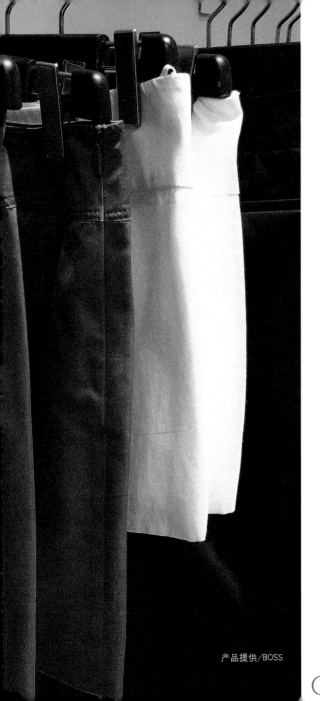

时尚观点：
　　　　及膝裙，下身曲线的漂亮关键

　　及膝裙是这几年来红得发紫的单品，只要搭配得宜，非但不会老气，并且是很能展现粉领佳人优雅风范的款式，就拿葛丽丝王妃来说吧！及膝裙几乎是她惟--穿的款式呢！以下将为你介绍及膝裙穿着技巧，只要稍加运用，相信你很快就能找到最适合自己的穿法，并且让下半身拥有很漂亮的曲线喔！

产品提供/BOSS

美丽秘笈：寻找100%适合的及膝裙

及膝裙vs.你的腿：

买及膝裙一定要试穿，照镜子看一下全身的比例。特别是腿，我发现不管腿过粗或过细，刚好过膝盖的长度都会很讨好。至于有"萝卜"腿的人，过膝盖10厘米左右的长度可能就会让萝卜线条显得更加明显。

及膝裙vs.体型：

水蜜桃体型与草莓体型佳人适合裙为鱼尾状或荷叶状的及膝裙；西洋梨体型佳人要避免布料过花或颜色比上身鲜艳的及膝裙。有小腹、臀型下垂、或大腿较粗的人，请远离使下半身曲线一览无遗的贴身布料及膝裙。

及膝裙vs.搭配：

及膝裙要配得优雅，诀窍在于：上下身的比例不要相同，包括长度与色彩。另外请记得：及膝裙和高跟鞋是天生的好搭档。

图片提供/LACOSTE

时尚观点：性感上身，迷倒众生

Create good impression by instant
visual impact.

　　迷你裙出现在20世纪60年代中期，当时西方世界的反越战示威、美国总统肯尼迪遭暗杀、反种族运动、嬉皮士的诞生、伦敦前卫的时装风潮等一连串的事件，让迷你裙从时代思潮的激荡下诞生。1965年，Mary Quant把短裙下提高到膝盖上4英寸，伦敦街头便掀起了一阵性感革命，露出大腿、时髦大胆的小短裙，风靡了伦敦街头，成为摇摆的60年代最具代表性的时尚指标。到了1974年，石油危机让迷你裙一度遭受公众的责难，差点成为历史名词，所幸80年代的女人勇于展现自己的美腿，才让迷你裙再度回到流行舞台。有惊无险度过了90年代女权主义的非议，21世纪初叶的迷你裙，已成为时尚舞台上的要角，更是女人衣橱里不可或缺的性感装束。究竟迷你裙到底可以短到什么地步？嗯，从膝上10厘米到30厘米，长短不拘，任君选择，轻薄短小、性感上身，迷倒众生其实很容易。

图片提供／NINE WEST

美丽秘笈：让世人拜倒在你的迷你裙下

　　穿迷你裙并非年轻女孩的特权，基本上只要腿部线条好看，穿起来合你的气质，无论你芳龄几何，都可以穿上迷你裙，秀出你的自信和美丽。至于粉领佳人嘛……只要工作场合和身材条件允许，偶尔穿穿也无伤大雅，只要裙子的长度不会让你在弯腰捡拾东西时曝光，都是可接受的范围，但还是不建议粉领佳人穿着短于膝上10 厘米的迷你裙。

　　如果你想知道什么样的裙长能让双腿线条看起来最漂亮，可以准备一条丝巾，慢慢从胯下贴着腿往下放，直到放到你认为是最好看的地方，就是最适合的裙长。

　　若双腿不是你最引以为傲、最好看的部位，可以采取"写意"的方式来穿迷你裙，一件膝盖以上10厘米的短裙，就能把穿着迷你裙的"意"带到，无需为难自己，非得穿超短的款式不可。

　　至于小腿线条较健美的人，也可以尝试穿着膝盖以上10厘米的迷你裙，因为所露出的一部分大腿和膝盖，加上小腿的一气呵成，有可能会形成你意想不到的优美线条。

　　腿部线条纤细的佳人，在穿着迷你裙时要注意鞋子的搭配，应该要避免极细的高跟鞋与厚底的鞋子，马靴会是很好的选择，冬天则可搭配彩色裤袜或各式网袜。另外，草莓体型的佳人，腿型通常都是很漂亮的，很适合穿迷你裙，不妨尝试穿穿各种不同设计的迷你裙。而有o型腿的佳人，在穿着迷你裙时请注意自己的站姿，通常丁字步会让你的腿部线条显得更好看喔！

产品提供/GUCCI

时尚观点：一生至少要有一件优质大衣

　　大衣可说是时尚女子们冬季最不可或缺的护花使者，不但能给你温暖，还给你优雅的气质。建议你拥有一件款式简单的、中性色的克什米尔羊毛大衣——"克什米尔"，质轻保暖；"款式简单、中性色"让这件大衣和其他单品搭配起来很容易，并且不受流行风潮的影响，只要保养得当，每年冬季都可以拿出来穿，至少可以穿个十年。相反，款式越复杂、越有特色的设计，越容易在别人的脑海中留下深刻的印象，反而不能常常穿，而且当潮流过去之后，更难逃被束之高阁的命运。

美丽秘笈：大衣的选购、搭配美学

优质大衣的合身度重点

选购大衣时，请穿着平时在大衣里会穿
的衣服前去试穿(可能是毛衣或是套装)，才
能正确试出合身度。首先是肩膀，大衣肩膀
的合身度跟套装外套的合身度一样重要，肩
线只要有一点点不对，整件衣服穿起来就不
自然——正确的肩膀设计，应该是由颈肩交
界处向外延伸，一直到超过肩骨最外侧1至2
厘米左右的地方；至于腰线，应该落在腰部
以上2厘米至腰部以下1厘米的范围之内；袖
长则以到虎口的长度为宜。

图片提供／Justine Taylor Made

大衣和体型的关系

个子比较娇小或腿稍短的人，可以尝试腰身稍高的大衣；身材圆润的水蜜桃体型或草莓体型佳人，大衣扣起来时，整体线条干净、且前开襟线条显着的大衣是你冬季的瘦身法宝；西洋梨体型佳人的大衣要注意臀部的合身度、避免臀部附近有大口袋，并且不妨选择伞型大衣；鲜绿丝瓜体型佳人要特别注意大衣肩膀合身度，只要合身度美，各式大衣都很适合你。

大衣的搭配秘诀

长度及臀的或更短的短大衣可以搭配任何的下装；长度在膝盖上下的中长大衣，除了搭配长裤或长裙外，还可以搭配及膝裙，此时及膝裙长度可以选择长于/或短于大衣5公分左右，这也就是知名的经典迪奥（Dior)7/8比例；长大衣适合搭配长裤或短于大衣5公分以上的裙子——若裙长长于长大衣，最好选择线条利落、并且与大衣同色(或同色系)的合身"窄裙"或"直筒裙"。

时尚观点：选对条纹，就能穿出曼妙身段

条纹服饰从来不会被遗忘，也不会退出流行。要提醒你的是：条纹图案本身相当具有聚焦性，请不要"聚焦"在你觉得不喜欢或身上"比较大"的地方，例如：草莓体型佳人不适宜穿着只在肩膀或胸膛处有条纹的服装，西洋梨体型佳人则要避免腰部以上为素色、腰部以下为条纹的上衣。

图片提供/LACOSTE

美丽秘笈：条纹服饰的"心想事成"穿着法

想穿出纤细好身材：

距离太宽的条纹，不管是直条纹还是横条纹，皆会有放大效果；距离适中、规则重复的、连续横条纹与斜纹，皆有收缩的效果，像西洋梨体型佳人就可以尝试斜纹裙子，草莓体型佳人则适合穿着斜纹上衣。至于直纹长裤，以铅笔细条纹为佳，不但好搭配，也不会产生"放大"的效果。

想穿出帅气潇洒：

条纹服饰具有"潇洒"的语言，可以正式也可以休闲。条纹上衣加上牛仔裤是常见的装扮，套上一件有质感的丹宁布外套，实用与时尚兼备；质好料佳的条纹上衣搭配经典的及膝裙或是西装裤，都让你在精练的上班穿着中带有一股潇洒。

图片提供／Lacoste　　　　图片提供／Lacoste

想穿出小女人般的娇媚：

　　骨架小、五官娟秀细致的人适合细条纹款式，特别是条纹之间的颜色属同色系或柔和的中性色，都能营造出柔美的感觉；反之对比色强烈的条纹服饰，则适合利落大方的个性派女人。

想穿出端庄大方：

　　中性色的铅笔细条纹套装或洋装，是粉领族很能表现工作干练，却又不失女人味的穿着。条纹棉衬衫和中性西装长裤的组合，斜纹线衫搭配素色鱼尾裙，都是简单又出色的打扮。

时尚观点：穿对皮衣，展现新活力

提起皮衣，你会联想到什么？是街头年轻人的青春酷样，还是浮现摇滚乐手狂放不羁的脸，高举吉他，卖力甩头的样子，身上皮衣还是钉满金属扣子的那一种？如果你对皮衣的认识，仍停留在"良家妇女回避"的阶段，那么你势必将丧失许多体验酷帅美丽的乐趣，因为皮衣可是会让你的平淡无奇的衬衫、A字裙和牛仔裤，马上增添新活力的单品哟！

图片提供／Salvatore Ferragamo

美丽秘笈：解答皮衣的迷思

皮衣可以穿去上班吗？

常有佳人问我："皮衣可以穿去上班吗？"现在许多传统行业，服装自由度比从前开放不少，像是会计、老师、公务员或传统企业，只要不是太夸张离谱，应该都可以被接受。传统行业的职场佳人可以穿皮衣或皮裙，但请别穿皮裤去上班，也不要全身上下都是"皮"，同时又穿皮衣又穿皮裙，还踩双黑白斑马纹马靴……这样你的同事或客户可能会以为到了美国西部或非洲。最好的穿法是皮衣搭配保守的西装外套，下半身穿西装长裤或一般窄裙，如此就能不失庄重；若你喜欢皮裙，最好是过膝的素面皮裙，上身可以穿衬衫或选择千鸟纹的针织衫或开襟毛衣，也挺有变化的。但切记：皮裙长度不可太短，宽度不能太窄，开衩不要开太高，并谢绝所有蛇皮、动物等花纹。至于在创意部门或媒体、网络公司，就没有什么限制了，你可以尽情享受皮革时尚世界，发挥自己的创意。例如：红色套头毛衣搭配黑色皮短裙，天冷再多加一件黑色拉链式皮外套，充满时尚感；桃红色复古背心外加深紫色皮裙，披上浅紫色长皮大衣，让你由里到外"皮"到最高点。

Create good impression by instant
vision impact.

皮衣要紧身才性感?

拉丁性感天王瑞奇·马汀在MTV中所穿的贴身黑色皮裤,令人
血脉扩张!所到之处不知扼杀多少摄影师的底片。不过要提醒你的
是:除非对自己的身材很满意,不管你觉得自己太胖或太瘦,
有"一点松份"皮衣(从侧面约可以抓出1.5~3厘米左右松份的合身
度,试身材而定),会让你的身材看起来更棒。

皮衣穿了就要洗涤?

皮衣脏了不洗会伤皮子,不过洗太多更是减短了皮衣的寿命与
质感。建议你平时皮衣尽量不要和肌肤直接接触,可以系上一条丝
巾或穿有领衣服,隔开两者间的距离。并且随时保持环境的干燥阴
凉与通风,因为湿热会使得心爱的皮衣发霉!而发霉没马上处
理,时间一久后悔就来不及了,到时发霉处的颜色会变得较深或较
浅,从此衣橱又痛失一名爱将。

皮衣选购注意事项：

　　看看你的手臂、脸颊和大腿，不难发现其质感和触感都不相同。同样地，不同动物或是一只动物的不同部位，纹理和质感也有所差别，这造成了皮衣制作的染色过程中，会有不同的"染色坚牢度"。建议你挑选时，如果发现整件皮衣有色差，不管再怎么喜欢它，还是请你忍痛放弃，因为一经洗涤，将马上原形毕露！另外，有些皮子在制作前，本身已经受了伤，可是经过染色处理，并不容易发现，非等到洗过后才看得出端倪，这种洗后色差更明显，要特别注意！最后若你的经济预算不多，可考虑买一件"行遍天下"的皮衣，颜色以咖啡色系、纯黑、深蓝等中性色最适合，因为所有服装都可以轻易与它们相融，至于款式当然要保守简单。

Style

时尚观点：全面美丽，连泳装都不放过

选择泳装除了注意款式之外，还要考虑到图案与色彩的变化。一般而言，花色泳装比素色泳装更具隐藏功效，适合任何希望能为身材隐形的人(花团锦簇的图案就会让突出的小腹隐藏于无形)。另外，选择适合自己皮肤色彩属性的泳装，可以帮助我们衬托出好气色，游泳时即使不化妆也能自然亮丽。

图片提供/GUCCI

图片提供/GUCCI

美丽秘笈：不同体型特色的泳装选购法则

泳装特色vs.体型特色：

泳装细节的设计如荷叶边、打褶、蝴蝶结等，皆有增强视觉或平衡身材的效果。西洋梨体型佳人可以选择领边有荷叶边装饰的泳装（将旁人的注意力转移至上半身），而草莓体型佳人适合荷叶边装饰在腰部或臀部位置。由于直条纹泳装具有夸张的作用，很适合可口可乐曲线瓶与鲜绿丝瓜体型佳人，而水蜜桃与西洋梨体型佳人却要避免；打褶可以增加丰厚感，适合鲜绿丝瓜体型佳人；胸围处打褶让胸部看起来更为丰满；腹部处打褶让腹部隐形；两截式的款式则适合腰身细且长的佳人。

泳装搭配也有妙方：

泳装与泳帽同花同色的"配套"并不见得是最好的选择，适当的"配色"反而看来更为亮丽活泼——花色图样的泳装可以搭配泳装花色中任一颜色的素色泳帽；而素色泳衣可以配上同色系或对比色系的泳帽。

图片提供╱Alannah Hill

图片提供／Alannah Hill

爱的叮咛：给我合身衣服，其余免谈！

当你了解自己的身材特色，也知道该怎么穿才能show出绝好身材之后，这本秘籍的精华便呼之欲出了！用服装来打造漂亮身体曲线、穿出百分百自信的秘诀便是——合身度！如何为自己找到100％合身的衣服呢？以下的内功心法你可得牢记。

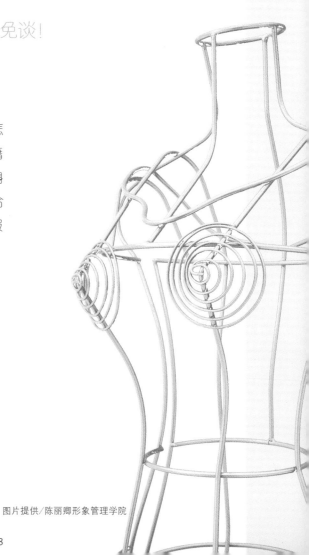

图片提供／陈丽卿形象管理学院

产品提供／Alannah Hill

美丽观点：
合身，就是为当下而穿

　　合身的衣服是修饰身材最快的方法之一，它可以让你的身材立刻凹凸有致，匀称好看；不合身的衣服再便宜也不要买，逛街买衣服时不要老想着"等我减肥成功就可以穿了"、"等我再胖一点就可以穿了"……如此不顾一切"血拼"回家的衣服，不是被束之高阁，就是误了你的好身材，你一定要为当下而穿，因为现在漂亮，未来才会愈来愈漂亮。

合身的衣服，就像是第二层肌肤

衣服不要有横纹（表示太紧）、有直纹（表示太宽）、这边凸一块、那边凹进去、或者特别紧、特别侉的问题。

一件合身度好的服饰，最基本的判别方法就是：当你穿上身后，它很自然地垂挂下来，没有任何皱纹，就像是你的第二层肌肤一般，看来舒适妥帖。因为无论产生直线条、横线条还是斜线条，都是不合身的指标，最常见的瑕疵就是因为太小所产生拉扯的皱纹，例如在腹部处有横线条，表示这件太紧了；而在裤裆处、或者是穿上泳衣常常会有的直线条，则表示它太短了；如果出现斜线条，则代表无论长度或宽度都太小了。此外，因为太大而产生的皱纹也同样地不美观，最常见的是太宽的衬衫在胸膛处所制造的直线皱纹。

另外，后面的合身度和前面一样的重要，后中心线一定要直，歪斜的后中心线往往是因为太大的胸围、腰围、或臀围所造成的结果；后面的开叉要平顺密合，即使不是完全地密合，至少也要有2/3密合。

合身，给你无可取代的舒适感

　　穿了合身的衣服，你应该感觉毫无束缚，非常舒服。请记得，穿着不但是一门艺术，更应该是一种享受。要穿得美，也要穿得舒服。惟有你感觉舒适，自信才能自然地在举手投足间流露出来，否则，衣服再漂亮，你还是觉得浑身不对劲。

图片提供／陈丽卿形象管理学院

爱的叮咛：只要合身，同款的衣服不妨买两件

　　如果你看到非常喜欢的基本款服饰，大可买两件，一件平常穿，一件好好保存到重要场合再穿。尤其是如果你的身材很"特别"，好不容易试穿到合身的衣服时，请同样的款式再多买几件，可以是不同颜色、甚至方便搭配的中性色，即使一模一样也无所谓。以后想再买时万一断货了，也才不会懊恼。

　　无懈可击的合身度和选对款式一样重要，衣服如果不合身，款式再怎么适合都没用，还会降低穿着的质感，甚至连身材的小缺陷都很容易被看出来。而衣服的合身度是一个女人时尚品味的重要指标，"穿得好"与"穿了衣服"之间只有一线之隔。时尚女子注重的不是"花哨"，而是"质感"和"细节"，也就是那份细致体贴自己的心意，而这也正是穿出自信和美丽的最佳原动力！

图片提供/Salvatore Ferragamo

产品提供／VERSACE

每位女子，皆是佳人，
让我们为你证明丽质天生！

如同服饰，身材也同样具有时代的"流行性"，如同"环肥燕瘦"各在不同的时代里独领风骚。但是，流行瞬息万变，这也正是流行之所以成为流行的原因。即使当今时尚可能以瘦而高为美，令每个女人都得勒紧裙头拼命要高挑苗条，但你又岂能预料下一波的流行不会崇拜起浑圆丰满的尤物呢？永远记得：身材并没有好坏之分，人们对身材的评价，是受到当代审美观所影响，所以没有永恒的定论。杨玉环和赵飞燕若刚好生在相反的时代，恐怕很难在历史上留名，但不可否认，"环肥燕瘦"都有她们独特的美丽，纵使不符合当代的审美观，她们依然是美丽的女人。

产品提供／VERSUS

　　几年前的一次演讲让我永难忘怀：纯盈，30岁左右的女人，在听完演讲之后跑到前面来，她说自从3年前胖了15公斤之后，再没有买过一件衣服，总是随便穿穿。上个星期她为了参加先生的公司餐宴，整个月来天天逛街，终于下定决心买下一件一万多元的洋装。餐宴当天，公婆老远过来帮忙带小孩，而她从早上就穿了又穿、照了又照，但是在出发前的10分钟，她还是告诉先生她不想去了，先生为此很不高兴，现在还在生闷气。纯盈含着眼泪说："我先生认为我不在意他，每次餐宴都临时找借口不去，他哪知道真正的原因是什么……"我望着纯盈，美丽的大眼睛、像个小扣子般的鼻子、性感而丰厚的唇型、一颗颗玉米般的牙齿、圆润的身材……我觉得很难过，这么美丽的女人竟然如此的黯淡！

产品提供／VERSACE

"每位女子，皆是佳人，让我们为你证明丽质天生！"是我们学院的信条，信条的制定，来自于体验。

每个女人的身材各有特色，就如同牡丹、玫瑰、梅花、水仙，各有各的美态，真的很难评断什么是优点、什么是缺点。往往一个女人为自己的身材感到难过，只是因为和时尚、媒体所鼓吹的美不同而已。更何况一个女人的眼睛、脖子、肩膀、唇线、小腿……统统都是值得欣赏的地方，往往真正的性感，就由你一举手一投足间内心的自信流露出来。

所以，与其揽镜自叹，对尺寸的大小耿耿于怀，还不如坦然愉快地欣赏自己、接受自己。

产品提供/VERSACE

"美丽是要靠方法去完成的。上帝创造女人，但是你必须自己去完成美丽！"至萱，一位越活越美丽的学员，有一次交换经验时这么说着。是的，在充分了解自己的身材特色之后，要智取而不力搏，相信无论你是赵飞燕还是杨玉坏，都不用瘦身、美容，轻松自在，你也能穿出自信，穿出好身材！

产品提供/VERSACE

致　谢

LACOSTE

LOEWE

VERSACE

VERSUS

北京《时尚》杂志社

台湾古驰股份有限公司

台湾菲拉格慕有限公司

远东百货股份有限公司

香港商瑞士海外有限公司　台湾分公司

香港商意乔有限公司　台湾分公司

资生堂国际柜活颜悦色春妆

捷翎企业股份有限公司

感谢以上公司提供产品拍照或产品相片，仅此致谢

（各厂商按笔划顺序排列）

我喜欢起飞，喜欢翱翔，喜欢在一天的开始，准备好自己。
优雅纵身一方就多踏实的天蓝。
——时尚优雅系列

生活和穿着，越简单越美，一如我赖以维生的。
不过就是阳光、空气、花和水。
——时尚优雅系列

懒洋洋的假日午后，什么事都不想做，
只想躺在你的怀里，挥霍幸福。
——时尚优雅系列

该穿什么去赴你的约呢？
我想大概只有红色蓬裙能表达我的雀跃了……
——时尚优雅系列

衣Q宝典

新粉领形象规划课程

时尚，是你的生活态度；

美丽，是你的存在方式；

专业，是你的工作习惯。

投资2天，学习10门课程，找到1个理想形象，

内在与外在圆融合一，智慧与魅力兼容并蓄，

享受工作，让天赋发光，

你就是无可取代的个人品牌！

课程单元

- 找出你的魅力色彩·探索你的身材特色
- 创造你的理想脸型·成功塑造个人风格
- 整体造型搭配美学·造型盲点轻松突破
- 个人专属配色秘笈·衣Q高手教战守则

陈丽卿形象管理学院　http://www.styleonline.com.tw

图书在版编目（CIP）数据

款式／（台）陈丽卿著．—北京：中国妇女出版社，2004.6
（时尚优雅系列）
ISBN 7-80131-998-2

Ⅰ.款... Ⅱ.陈... Ⅲ.女服—色彩—服饰美学
Ⅳ.TS976.4

中国版本图书馆CIP数据核字(2004)第036540号

款式

作者： （台）陈丽卿
策划执行： 史行果
责任编辑： 朱婷婷 王振宇
文字整理： 马可欣（台）
丛书策划： 北京时尚博闻文化发展有限公司
网址：www.trendsmag.com
版式设计： 北京市艺彩昭和图文制作有限责任公司
封面设计： J-Studio（台）
出版： 中国妇女出版社出版发行
地址： 北京东城区史家胡同甲24号 邮政编码：100010
电话： (010) 65133160（发行部） (010) 65133161（邮购）
网址：www.womenbooks.cn
经销： 各地新华书店
印刷： 北京国彩印刷有限公司
开本： 889x1194 1/24
印张： 5.25
字数： 50千字
版次： 2004年 6月第1版
印次： 2004年 6月第1次
印数： 1-10000 册
书号： ISBN 7-80131-998-2/G·494
定价： 30.00 元